1851

EXPOSITION UNIVERSELLE DE LONDRES

NOTICE

CONCERNANT

L'ÉTABLISSEMENT TYPOGRAPHIQUE

DE

M. PAUL DUPONT

DE PARIS.

❧

PARIS

IMPRIMERIE DE PAUL DUPONT,

Rue de Grenelle-Saint-Honoré, 45.

1851.

EXPOSITION UNIVERSELLE DE LONDRES.

—∿∿∿∿—

NOTICE

CONCERNANT L'ÉTABLISSEMENT TYPOGRAPHIQUE

De M. Paul DUPONT.

DÉPÔT LÉGAL
Seine
N° 5515
1851

UNIVERSAL LONDON EXHIBITION.

—∿∿∿∿—

NOTICE

CONCERNING THE TYPOGRAPHICAL ESTABLISHMENT

Of M. Paul DUPONT.

1851.

EXPOSITION UNIVERSELLE DE LONDRES.

NOTICE

CONCERNANT

L'ÉTABLISSEMENT TYPOGRAPHIQUE

DE

M. PAUL DUPONT

DE PARIS.

PARIS

IMPRIMERIE DE PAUL DUPONT,

Rue de Grenelle-Saint-Honoré, 45.

1851.

1851.

UNIVERSAL LONDON EXHIBITION.

NOTICE

CONCERNING

THE TYPOGRAPHICAL ESTABLISHMENT

OF

M. PAUL DUPONT

AT PARIS.

PARIS

PRINTED BY PAUL DUPONT,

45, Grenelle-Saint-Honoré street.

1851.

SOMMAIRE.

Notice concernant l'Établissement typographique de M. Paul Dupont.

Extrait du Rapport du Jury central de France sur les Produits de l'Agriculture et de l'Industrie exposés en 1849.

ARGUMENT.

Notice concerning the typographical Establishment of M. Paul Dupont.

Extract from the Report of the central Jury of France concerning the Productions of Agriculture and Industry exhibited in 1849.

NOTICE

CONCERNANT

L'ÉTABLISSEMENT TYPOGRAPHIQUE

DE

M. PAUL DUPONT.

———◦⊛◦———

M. Paul Dupont se présente à l'Exposition de Londres :

1° Comme fondateur de l'*Imprimerie administrative*, en France ;

2° Comme auteur d'un procédé faisant revivre, par le décalque sur pierre, les livres, les gravures, les manuscrits les plus anciens ;

3° Comme ayant découvert et exploité, depuis 1833, des carrières de pierres lithographiques françaises, supérieures, sous plusieurs rapports, à celles de Munich ;

4° Comme inventeur de la gravure sur pierre.

L'établissement de M. Paul Dupont a pris le nom d'*Imprimerie administrative*, parce que ses produits

NOTICE

CONCERNING

THE TYPOGRAPHICAL ESTABLISHMENT

OF

M. PAUL DUPONT.

M. Paul Dupont presents himself to the London Exhibition:

1° As founder of the *Administrative Printing-Office* in France;

2° As author of a system which, by means of reproduction on stone, revives the oldest books, engravings and manuscripts;

3° As having discovered and digged, since 1833, quarries of french lithographical stones, superior, on many accounts, to those of Munich;

4° As inventor of Stone-Engraving.

M. Dupont's establishment has been named *Administrative Printing-Office*, because its productions are

sont spécialement destinés à l'Administration publique. Il occupe un personnel de 40 employés et de 300 ouvriers; il emploie journellement neuf presses mécaniques mues par la vapeur et vingt presses à bras. C'est un des établissements typographiques les plus considérables de Paris par son importance matérielle, non moins que par l'utilité et l'exécution artistique de ses impressions.

Les objets exposés par M. Paul Dupont sont ainsi classés : *Imprimerie*, — *Lithographie*, — *Litho-Typographie*, — *Gravure sur pierre*, — *Pierres lithographiques françaises*.

I. — IMPRIMERIE.

Modèles administratifs. — Un des effets de la centralisation administrative, telle qu'elle est comprise et pratiquée en France, c'est l'unité d'action de tous les fonctionnaires du même ordre, et l'uniformité de leurs actes. Par exemple, qu'une loi ou un règlement d'administration soit promulgué : en deux ou trois jours, les ordres donnés par le Ministère pour son exécution parviennent à chaque mairie; 37,000 fonctionnaires se mettent à l'œuvre et accomplissent, dans un temps donné, les actes qui leur ont été prescrits. Ces actes, dressés sur tous les points du pays, ont cependant entre eux une entière similitude, parce que

particularly intended for the public Administration.
The number of persons he daily employs amounts to
forty, besides 300 workmen, nine mechanical steam
presses and twenty ordinary ones. It is one of the
most considerable typographical establishments in Paris, for its important materials, as well as for the uti-
lity and artistical performance of its impressions.

The articles exhibited by M. Paul Dupont are thus
classed : *Typography.* — *Lithography.* — *Litho-Typography.* — *Stone-Engraving.* — *French Lithographical Stones.*

I. — TYPOGRAPHY.

Administrative Models. — One of the principal con-
sequences of the administrative centralisation, such as
it is understood and practised in France, is the homogeneous proceeding of all the functionaries of the same
rank, as well as the similarity of their acts. As for
example, if a law or an administrative regulation were
promulgated, the orders given by the official adminis-
trator arrive, within two or three days, to every mayo-
ralty; **37,000** functionaries, immediately setting to
work, finish in a determined space of time the prescri-
bed acts. These acts, executed in all parts of the
country, are however between themselves perfectly

l'autorité a pris soin d'en arrêter à l'avance la formule, précaution qui, tout en facilitant le travail des fonctionnaires, prévient les erreurs qu'ils pourraient commettre.

L'*Imprimerie administrative* rend la tâche des agents de l'administration plus simple et plus facile encore. S'agit-il d'un procès-verbal, d'un tableau, d'un état? elle en imprime le libellé général, le cadre, de sorte qu'il n'y a plus que des dates, des noms, des chiffres à ajouter suivant les indications données à l'avance, et le document se présente net et correct comme la page imprimée d'un livre.

Indépendamment des formules que l'autorité prescrit dans un but d'uniformité, de promptitude et d'économie, l'*Imprimerie administrative* a établi un nombre considérable d'autres cadres et modèles, non moins utiles, dont l'expérience et la pratique des affaires ont fait successivement reconnaître le besoin. Régies financières, Comptabilité du Trésor, Administrations départementales et communales, Enseignement public, Justice, Cultes, Ponts et Chaussées, etc., aucun service public, et dans chaque service aucun acte, depuis le cadre le plus simple jusqu'aux registres et aux états les plus compliqués, n'ont été oubliés. L'*Imprimerie administrative* a pourvu à tous les besoins.

Chacun de ces modèles imprimés, dont le nombre

similar, because the Authorities have took care to determine beforehand their formula, by which care the work of the functionaries is simplified, and the mistakes they might commit are at once prevented.

The Administrative Printing-Office makes the task of the agents of the Administration at once more simple and easy. Whether is the matter of a verbal process, of a statistical table, or of a register, it prints their complete label, their bordering of list, so that there are only dates, names and numbers to be added according to the indications given beforehand, and the document appears neat and correct as the printed page of a book.

Notwithstanding the formulæ that the Authorities prescribe with an aim at similarity, promptitude and economy, the *Administrative Printing-Office* has established a considerable number of other lists and models no less useful, of which experience and the practice of business have successively proved the necessity. Exchequer, accounts of the public treasury, provincial and communal Administrations, public Instruction, Justice, Worships, Department of Woods and Forests, no public service, and in every service no part from the simplest bordering to the most complicated register or account, has been forgotten. The *Administrative Printing-Office* has provided against all emergencies.

Each of these printed models, of which the num-

s'élève à plus de six mille, sans compter ceux qui concernent les administrations particulières, se vend depuis 1 jusqu'à 100,000 exemplaires par année dans chaque commune et à des prix qui n'excèdent guère celui du papier blanc.

Livres administratifs. — Par les soins de l'*Imprimerie administrative*, des traités élémentaires, des manuels, des dictionnaires, des formulaires rédigés avec clarté et précision, ont été publiés sur toutes les parties de l'Administration française. Ces ouvrages, dans lesquels les dispositions législatives et régle-. mentaires sont reproduites avec des commentaires et des annotations, rappellent les devoirs des administrateurs et les guident dans leurs travaux.

Recueils périodiques administratifs. — Des publications périodiques, s'appliquant à chaque ministère et à chaque branche particulière de l'Administration, font connaître mensuellement, avec la plus grande exactitude, les changements de la législation, les nouvelles interprétations de l'autorité et la jurisprudence des tribunaux.

Ces publications, qui comptent chacune plusieurs milliers de lecteurs, se rattachent aux différents départements ministériels, ainsi qu'il suit, savoir :

AGRICULTURE ET COMMERCE.	Bulletin officiel ; Documents du commerce extérieur.
INSTRUCTION PUBLIQUE....	Journal général de l'Instruction publique ; Bulletin administratif.

ber is above six thousand, besides those which concern the private administrations, is sold from one to 100,000 copies a year in every corporation, at a price which exceeds but little that of white paper.

Administrative Books. — By the cares of the *Administrative Printing-Office,* elementary treatises, manuals, dictionaries, formularies, digested with clearness and precision, have been published on every part of the french Administration. These works, in which the legislative and administrative dispositions are reproduced with comments and annotations, prompt the administrators and direct them in their proceedings.

Administrative periodical Collections. — Periodical publications, applied to every Government officialty and particular branch of Administration, indicate every month, with the greatest precision, the changes in legislation, the new interpretations of the Authorities, and the jurisprudence of the courts of law.

These publications, each counting many thousands of readers, are connexed to every Government officialty, as follows:

AGRICULTURE AND COMMERCE.
{ Bulletin officiel;
{ Documents du commerce extérieur.

PUBLIC INSTRUCTION......
{ Journal général de l'Instruction publique;
{ Bulletin administratif.

INTÉRIEUR...........	Ecole des Communes, journal des Maires, revue administrative; Bulletin officiel du Ministère de l'Intérieur; Journal officiel des Gardes nationales; Annales des Chemins vicinaux.
JUSTICE.............	Bulletin des Arrêts du Conseil d'Etat et de la Cour de Cassation; Recueil général des Arrêts du Conseil d'Etat.
TRAVAUX PUBLICS.......	Journal des Travaux publics.
FINANCES............	Bulletin des Contributions directes; Annales des Contributions indirectes et des Octrois; Mémorial des Percepteurs.
MARINE.............	Nouvelles Annales de la Marine et des Colonies; Revue coloniale; Annales hydrographiques.

Impressions de luxe. — L'*Imprimerie administrative* exécute aussi pour les principales librairies, les bibliothèques, l'Administration et les grandes entreprises industrielles, telles que Chemins de Fer, Maisons de Banque, Compagnies d'Assurances, etc., des impressions dites de luxe : livres illustrés, titres commerciaux, actions, mandats, cartes, programmes; avec vignettes, arabesques et autres ornements en noir, or, argent, bronze ou de diverses couleurs.

En **1849**, à l'occasion de l'Exposition de l'Industrie française, elle a exécuté, par les seules ressources dont elle dispose, un grand travail destiné à constater l'état de la Typographie, de la Lithographie et de la Gravure en France au milieu du xixe siècle. Cet ouvrage, intitulé *Essais pratiques d'Imprimerie*, n'a été

HOME DEPARTMENT.......	Ecole des Communes, journal des Maires, revue administrative ; Bulletin officiel du Ministère de l'Intérieur ; Journal officiel des Gardes nationales ; Annales des Chemins vicinaux.
JUSTICE.............	Bulletin des Arrêts du Conseil d'Etat et de la Cour de Cassation ; Recueil général des Arrêts du Conseil d'Etat.
PUBLIC WORKS.	Journal des Travaux publics.
TREASURY............	Bulletin des Contributions directes ; Annales des Contributions indirectes et des Octrois ; Mémorial des Percepteurs.
NAVAL AFFAIRS.........	Nouvelles Annales de la Marine et des Colonies ; Revue coloniale ; Annales hydrographiques.

Splendid Impressions. — The *Administrative Printing-Office* executes also, for the principal booksellers, libraries, for the public Administration, and for large industrial undertakings, such as Railways, banking Houses, insurance Companies, splendid impressions : books, commercial titles, shares, mandamus, letters of advice, programma, illustrated with flourishes, arabesks and other ornaments in black, gold, silver, bronze, or of any colour.

In 1849, it executed for the Exhibition of french Industry and by its own and sole resources, a large work intended for stating the state of Typography, Lithography and Engraving in France in the middle of the XIXth century. This work, intitled *Essais pratiques d'Imprimerie,* was printed to a number of 25

tiré qu'au nombre de 25 exemplaires in-folio. Il contient une Notice historique sur l'Imprimerie en général, et des spécimens de toutes les sortes de caractères et d'impressions actuellement en usage. La médaille d'or a été accordée par le jury de l'Exposition française, en 1849, à ce travail, qui a valu en outre à l'éditeur de nombreuses récompenses honorifiques de la part de plusieurs souverains étrangers.

Objets exposés.

1° *Essais pratiques d'Imprimerie*, un volume in-folio, composé de 216 pages et présentant les principaux caractères et types que possède l'*Imprimerie administrative*, savoir : caractères ordinaires, de fantaisie, d'affiches, vignettes, l'application de ces caractères et vignettes à des travaux administratifs, enfin des spécimens de tirage en plusieurs couleurs, tant en impressions ordinaires qu'en lithographie;

2° 180 Volumes d'ouvrages et journaux d'Administration ;

3° 20 Registres renfermant des exemplaires de tous les modèles et cadres administratifs;

4° Plusieurs Modèles placés dans le grand Tableau des *Essais pratiques d'Imprimerie*;

5° Un Tableau contenant plusieurs modèles d'impressions de luxe.

II. — LITHOGRAPHIE.

Lithographie et Autographie. — La Lithographie est l'auxiliaire indispensable de toute Imprimerie en let-

folio copies only. It contains an historical notice on printing in general, and specimens of all kinds of types and impressions now in use. The Jury of the french Exhibition granted, in 1849, a gold Medal to this work, of which the editor was besides gratified with numerous honorary rewards by several foreign sovereigns.

Articles exhibited.

1° *Essais pratiques d'Imprimerie*, a folio volume of 216 pages, presenting the principal types that are contained in the *Administrative Printing-Office*, that is to say : either ordinary or fanciful types, bills, vignettes, the application of these types and vignettes to administrative works, in short specimens of manycoloured printings, either typographical or lithographical ;

2° 180 Volumes of works and administrative diaries ;

3° 20 Registers containing copies of every administrative model and bordering ;

4° Several Models set in the large table containing the *Essais pratiques d'Imprimerie;*

5° A Table containing several models of splendid impressions.

II. — LITHOGRAPHY.

Lithography and Autography. — Lithography is the indispensable help of every typography for executing

tres, pour l'exécution de nombreuses impressions.
Celle que M. Paul Dupont a annexée à son établissement, et qui se compose de plusieurs presses et mécaniques mues par la vapeur, fournit, à l'Administration et au Commerce, des ouvrages courants en lithographie et en autographie, des impressions ornées et polychromes les plus difficiles et les plus variées, des dessins en relief sur pierre, des décalques d'ouvrages anciens et modernes.

L'une des conditions essentielles du commerce et de l'industrie en général est de tendre constamment à simplifier les moyens de production, pour amener d'abord l'abaissement du prix des produits, et, comme conséquence, un accroissement de la consommation. Sous ce rapport, la Typographie, abandonnée à ses seules ressources, est restée depuis bien des années stationnaire. La Lithographie est venue prendre place à côté d'elle sans que nul imprimeur ait songé à faire tourner ses ressources au profit de l'art typographique. De leur côté, les lithographes, qui n'avaient ni intérêt, ni les moyens suffisants pour combiner entre elles les deux industries, se sont bornés au dessin et à l'impression des travaux légers, tels que factures, mémoires, circulaires, avis, etc.

Ainsi, dès l'origine, ces deux arts restèrent en quelque sorte étrangers l'un à l'autre. Un petit nombre d'imprimeurs de province réunirent, il est vrai, une Lithographie à leur Typographie, mais sans les

numerous impressions. That which M. Paul Dupont has annexed to his establishment, and which is composed of many ordinary or mechanical steam presses, supplies the Administration and Commerce with current lithographical and autographical works, the most difficult and diverse illustrated impressions of many colours, drawings on stone with or without relievos, and reproductions of old or modern works.

One of the essential conditions of commerce and industry is to aim constantly at simplifying the manner of producing, in order to cause at first the decrease of the price of production, and then, as a consequence, the increase of sale. On that account, the art of typography, left to its own resources, has remained stationary from many years. The art of lithography has placed itself near it, without any printer having thought of enlarging the resources of the one by those of the other. As to the lithographers, having neither interest, no sufficient ways to combine these two industries, they have been satisfied with the drawing and printing of small works, such as invoices, memoranda, circular missives or letters of advice, etc.

Thus, from their origin, these two arts remained almost unknown the one to the other. A few printers in the country joined, it is true, Lithography to their Typography, but without combining them, even

confondre, sans même avoir l'intention d'utiliser réciproquement leurs procédés.

Persuadé que l'union des deux arts lui procurerait des résultats avantageux, M. Paul Dupont a annexé (le premier parmi les imprimeurs de Paris) une Lithographie à son Imprimerie en lettres, et les expériences qu'il a tentées l'ont mené à la découverte d'un art nouveau, dont nous allons indiquer quelques-unes des nombreuses applications.

Objets exposés.

1° Plusieurs Modèles placés dans le grand Tableau des *Essais pratiques d'Imprimerie*;

2° Un Tableau contenant des épreuves d'ouvrages courants pour le commerce.

III. — LITHO-TYPOGRAPHIE.

Ainsi que l'indique son nom, la *Litho-Typographie* est l'alliance de l'Imprimerie en lettres et de la Lithographie. Elle s'applique surtout avec avantage à la reproduction des vieux livres, des vieux tableaux et des anciennes estampes. On décalque sur pierre, à l'aide d'une préparation chimique, les pages de livres ou les gravures dont on veut obtenir de nouvelles épreuves, et on en fait le tirage par la presse lithographique ordinaire. Des éditions rares et précieuses ont déjà été

without a mind of making a mutual use of both.

Persuaded that the combination of these two arts should give him important results, M. Paul Dupont has annexed before any other printer of Paris Lithography to his Printing-Office, and by the experiments he has attempted he has discovered a new art, of which we shall point out some of the numerous applications.

Articles exhibited.

1º Several Models set in the large table containing the *Essais pratiques d'Imprimerie;*

2º A Table containing proofs of current works for Commerce.

III. — LITHO-TYPOGRAPHY.

According to its name, *Litho-Typography* is the combination of Typography and Lithography. It is often applied usefully to the reproduction of old books, tables and stamps. By means of a chymical process, they reproduce on stone the pages of books or the engravings of which new copies are required, which are drawn off by ordinary lithographical presses. Rare and precious editions have been already renewed by this system, which shall render great ser-

renouvelées par ce moyen, qui est appelé à rendre de grands services à la science. Maintenant qu'il est passé à l'état pratique, un grand nombre de bibliothèques vont pouvoir s'enrichir d'ouvrages qui n'existent que dans quelques-unes, ou compléter des exemplaires de livres anciens.

Le commerce de la librairie a trouvé aussi dans cette découverte de grands avantages, soit pour compléter des ouvrages auxquels il manque quelques volumes, soit pour réimprimer et publier des éditions rares et précieuses, qui ne pouvaient être la propriété que des établissements publics ou de riches bibliophiles.

Les principales applications de la Litho-Typographie sont les suivantes : DÉCALQUE DES ANCIENS LIVRES; — DÉCALQUE DES ANCIENNES ÉCRITURES; — DÉCALQUE DES LIVRES NOUVEAUX; — CADRES ET TABLEAUX A IMPRESSIONS MIXTES.

Anciens livres. — Les vieux livres français, avec l'orthographe de leur temps, qu'il est si difficile d'obtenir dans des réimpressions, les anciennes éditions, si correctes, d'ouvrages grecs et latins, les bons ouvrages en langue étrangère (allemand, russe, arabe, hébreu, chinois, etc.), se reproduiront ainsi par la *Litho-Typographie* avec une exactitude, une fidélité et une perfection qui ne le céderont en rien à l'original.

Quelques essais avaient été faits précédemment; il a même paru à l'Exposition de 1834 des pages de

vices to the sciences, arts and to industry. Now that it is generally used, a great number of libraries shall be enriched with works which beforehand but a few possessed, and with complete copies of old books now left as incomplete.

The trade of bookselling has also found great advantages in this discovery, either for the completing of works which wanted some volumes, or for the reprinting and publishing of rare and precious editions, which could beforehand belong only to public establishments or to rich amateurs of old books.

The principal applications of Lithography are the following ones : REPRODUCTION OF OLD BOOKS ; — REPRODUCTION OF OLD WRITINGS ; — REPRODUCTION OF NEW BOOKS ; — BORDERINGS AND TABLES WITH MIXED IMPRESSIONS.

Old Books. — The old french books, with the orthography of their time so hardly obtained in new printings, the old editions so correct of greek and latin works, good works in foreign language (german, russian, arabian, hebrew, chinese, etc,), will be thus reproduced by means of the Litho-Typography with a precision, fidelity and perfection which shall not be inferior in any thing to the original.

Some essays had been already attempted. The Exhibition of 1834 had even presented some pages of

vieux livres reproduites par la Lithographie. Mais, soit que des difficultés imprévues aient arrêté les auteurs, soit par toute autre cause, ce procédé, si important pour le commerce de la librairie et les progrès de l'esprit humain, est resté enseveli dans l'obscurité. Ce qui constitue une découverte industrielle, c'est moins un premier essai que la mise à exécution et l'application sur de larges bases.

Anciennes écritures. — Le procédé litho-typographique sert aussi à la reproduction des anciens manuscrits. Les *fac-simile* qu'on obtient par son emploi ne peuvent être d'une exactitude plus parfaite, puisque ce n'est pas une image plus ou moins fidèle de l'écrit, mais l'écrit lui-même qu'ils représentent.

Livres nouveaux. — Appliquée aux impressions récentes, la Litho-Typographie n'est pas moins utile. On sait qu'il ne se fait pas d'édition sans qu'un certain nombre d'exemplaires soit mis au rebut par suite de l'épuisement ou de la perte de quelques feuilles. La Litho-Typographie permet de remplir à peu de frais ces lacunes et d'utiliser, en réimprimant ces feuilles, des exemplaires incomplets, et qui, sans cela, seraient restés sans nulle valeur.

Plus de cent libraires ou éditeurs ont déjà trouvé le moyen de compléter, par ce procédé économique, des fonds d'éditions qui encombraient inutilement leurs magasins, et de rendre ainsi des capitaux considérables à la circulation.

old books reproduced by means of Lithography. But, whether the authors had been hindered by unforeseen difficulties or for some other motive, this system, so important for the trade of bookselling and the progress of the human mind, is remained buried in darkness. What constitutes an industrial discovery, is less a first essay than the use and application of it on a large scale.

Old Writings. — The litho-typographical system contributes also to the reproduction of old manuscripts. The *fac-simile* thus obtained cannot be of a more perfect exactitude, since there is not a representation more or less faithful of the writing, but the writing itself which is reproduced.

New Books. — Applied to recent impressions, Litho-Typography is no less useful. It is well known that no edition is executed without a certain number of copies being thrown away in consequence of the faintness or of the loss of some leaves. Litho-Typography permits to fill up these losses with a small expense and to make use, by reprinting these leaves, of incomplete copies, which, for want of that, should be of no value.

More than a hundred booksellers or editors have already found out how to complete by this economical system the remains of editions which without use encumbered their store houses, and thus to give back to circulation considerable stocks.

Cadres et Tableaux. — Tout le monde sait combien la composition des cadres et des tableaux est coûteuse en Typographie, non-seulement par le prix de main-d'œuvre payé à l'ouvrier, mais par la détérioration des matériaux employés.

C'est à grand'peine, en outre, qu'on obtient, dans les tableaux à nombreux compartiments, une régularité parfaite, une précision rigoureuse. Mais ce n'est là qu'un des moindres inconvénients. Les filets coupés en petits morceaux n'ont plus désormais aucun emploi, et il est peu de cadres compliqués qui ne coûtent à l'imprimeur, en perte matérielle de filets, 4 ou 5 fr. par page. On conçoit, dès lors, combien le prix des tableaux, malgré leurs imperfections, doit encore rester élevé.

En Lithographie, la composition des tableaux n'est guère plus économique par suite du prix de l'écriture placée dans les têtes de colonnes ; seulement ils sont plus parfaits en ce qui concerne les filets et les cadres. Aussi n'hésiterait-on pas à préférer ce dernier mode si le texte était plus lisible ; mais, jusqu'à ce jour, aucun écrivain n'a pu parvenir à dessiner des lettres aussi pures, aussi nettes, aussi régulières que les caractères typographiques ; enfin, travaillant moins vite que l'ouvrier typographe, il est payé beaucoup plus cher.

Il faut donc reconnaître comme un fait incontestable:

Que l'Imprimerie est à *meilleur marché*, *plus lisible et plus prompte pour les textes* ;

Borderings and Tables. — Every body knows how much expensive in Typography the composition of borderings and tables is not only on account of the price paid to the workman, but also for the loss of the materials in use.

Besides, it is with great trouble that a perfect regularity and a rigorous perfection are obtained in the statistical tables with numerous compartments. But it is one of the least inconveniencies. The lines cut small are no more of use, and there are few complicated borderings that do not cost the printer, in consequence of lost lines, four or five francs a page. Then it is easy to conceive how high the price of tables must be, notwithstanding their imperfections.

In Lithography the composition of the tables is not much more economical in consequence of the price of the writing at the top of the columns; they are only more perfect for that which concerns lines and borderings. So this last process should readily be prefered if the text was more legible; but till now no lithographical writer could draw letters as neat and regular as the typographical types; in short, as he does not work so quick as the typographical workman, he is paid much dearer.

We must then say (which cannot be denied) :

That Typography *costs less, is more legible and takes less time for texts;*

Que la Lithographie, au contraire, est à *meilleur marché, plus parfaite, et plus prompte pour les filets et les cadres.*

Il s'agissait donc simplement, pour résoudre le problème, d'emprunter à la Lithographie et à la Typographie ce que chacune fournissait *de mieux, de plus prompt et de plus économique.* C'est là tout le secret de la *Litho-Typographie* appliquée aux ouvrages dits *de ville.* Ce procédé réalise une économie qui varie de 15 à 80 pour cent.

On voit, dans les *Essais pratiques d'Imprimerie,* une page présentant les principaux signes de correction typographique. Le texte, imprimé en caractères mobiles, a été décalqué sur la pierre lithographique, où l'écrivain lithographe a tracé ensuite les signes que les correcteurs font à la main en marge de leurs épreuves. On obtient ainsi des exemplaires d'une *épreuve typographique corrigée,* effet qu'on n'avait pu produire auparavant que par la gravure ou par la fonte d'un caractère exprès portant avec lui les marques de la correction.

Ces exemples peuvent donner une idée des avantages qui doivent résulter d'une application plus générale de la *Litho-Typographie:* il suffira d'avoir constaté ici le parti qu'on peut en tirer, comme art auxiliaire de la Typographie.

That Lithography, on the contrary, is *less costly, is more perfect and takes less time for lines and borderings.*

Then the only matter was, to resolve the problem, of borrowing from Typography and Lithography what each furnished *best, quickest and most economical.* It is all the secret of Litho-Typography applied to works named *de ville,* which system realizes an economy varying from 15 to 80 per cent.

A very remarkable page, in the *Essais pratiques d'Imprimerie,* is that representing the principal signs of typographical correction. The text, printed by moveable types, has been reproduced on a lithographical stone, whereon the lithographical writer has drawn the signs that the correctors inscribe on the margins of the paper. Copies of *a corrected typographical proof* are thus obtained, which could be beforehand produced only by engraving or by a type cast on purpose, which should offer the signs of correction.

These examples give an idea of the advantages which shall follow a more general application of Litho-Typography. It will be sufficient to have stated here the advantages which may be reaped by this art, as the help of Typography.

Les récompenses suivantes ont été décernées, en France, à l'inventeur de la Litho-Typographie :

En 1837, par la Société d'Encouragement pour l'Industrie nationale, le grand prix de 3,000 francs;

En 1844, par le Jury d'Exposition de l'Industrie nationale, une Médaille d'argent;

En 1849, la Médaille d'or.

Objets exposés.

1° *Recueil des Historiens des Gaules et de la France*, tome XIII, par Dom Bouquet (un volume grand in-folio de 966 pages, imprimé à Paris, en 1786, par la veuve Desaint, contenant l'*Histoire d'Angleterre, de Normandie, de Cambrai;* la *Généalogie des Comtes de Flandre*, etc., etc. [ce volume, dont les feuilles avaient été détruites dans l'incendie qui dévora, en 1794, la bibliothèque des Bénédictins de Saint-Germain-des-Prés, manquait à la plupart des collections, et son prix dans les ventes s'élevait de 6 à 800 francs; reproduit, en 1847, par le procédé litho-typographique, à cent exemplaires, on peut compléter maintenant, au prix de 150 francs, les collections qui en sont dépourvues]);

2° Deux Tableaux où se trouvent groupés sur une seule feuille plusieurs modèles de transports litho-typographiques, tels que gravures, impressions et écritures depuis les temps les plus reculés jusqu'à nos jours.

IV. — GRAVURE SUR PIERRE.

On se rappelle que Senefelder, l'inventeur de la Lithographie, eut l'idée de l'emploi des acides pour

The following rewards have been granted in France to the inventor of Litho-Typography:

In 1837, by the Society for the encouragment of the national Industry, a great Prize of 3,000 francs;

In 1844, by the Jury of the Exhibition of the national Industry, a silver Medal;

In 1849, a gold Medal.

Articles exhibited.

1° *Recueil des historiens des Gaules et de la France*, the XIIIth volume, by dom Bouquet (a large folio volume of 966 pages, printed at Paris in 1786 by the widow Desaint), containing the *Histoire d'Angleterre, de Normandie, de Cambray;* the *Généalogie des Comtes de Flandres*, etc., of which the leaves had been destroyed in the fire that consumed in 1794 the library of the Benedictine monks of Saint-Germain-des-Prés. As most editions wanted this volume, its price was ever, when found to be bought, from 600 to 800 francs; but reproduced in 1847 by litho-typographical system to a number of a hundred copies, the collections which were unfurnished with it can be now completed as the price of 150 francs;

2° Two Tables whereon are united in one leaf several models of litho-typographical reproductions, such as engravings, printings and writings from the oldest centuries to this time.

IV. — STONE-ENGRAVING.

It is known that Senefelder, the inventor of Lithography, had thought of employing acids to produce

produire des reliefs sur la pierre calcaire, avec lesquels on pût imprimer; mais on sait aussi que ses essais furent infructueux, et qu'il put à peine parvenir, par ce moyen, à copier quelques pages de musique. M. Paul Dupont, reprenant l'idée de Senefelder, l'a appliquée avec succès aux travaux de son établissement, notamment pour les gravures qui doivent être intercalées dans les textes, ce qui lui fait donner aux planches préparées par les acides, le nom de *Clichés-Pierres*. On verra, par les épreuves et par les clichés eux-mêmes envoyés à l'Exposition de Londres, que souvent ces gravures peuvent soutenir la comparaison avec celles obtenues par le burin, sur cuivre ou sur acier.

Au moyen d'une morsure, faite également par les acides, sur les pierres lithographiques, M. Paul Dupont y ménage des reliefs, avec lesquels il empreint, par le foulage, des clairs sur le papier, et lui donne, à s'y méprendre, l'aspect d'un papier filigrané. Il remplace ainsi, presque sans frais, un papier dont la fabrication est très-dispendieuse par les formes filigranées.

Objets exposés.

1° Une collection de Clichés-Pierres;

2° *Histoire illustrée du Périgord*, volume in-octavo où se trouvent intercalées dans le texte des épreuves obtenues au moyen des clichés-pierres;

3° Quelques Modèles de papier filigrané placés dans le grand tableau des *Essais pratiques*, à la partie *Lithographie*.

relievos on calcarious stone, by means of which he could print; but it is also known that his essays were unfruitful, and he could only, by this process, reproduce some pages of music. M. Paul Dupont, taking up the thought of Senefelder, applied it with success to the works of his establishment, especially for the engravings to be interlined into texts; so he gives to the plates thus prepared by acids the name of *stereotype stone*. The proofs and stereotype stones sent to the London Exhibition will prove these engravings to be able to bear comparison with those obtained by engraving on copper or steel.

By a strong pressure executed also on lithographical stone by the help of acids, M. Paul Dupont produces on it relievos by which he prints transparents in paper and obtains almost the appearance of a water-mark. This economical system can almost avoid having recourse to the very expensive system of water-marking.

Articles exhibited.

1° A collection of stereotype Stones;

2° *Histoire illustrée du Périgord*, an octavo volume in which proofs obtained by means of stereotype stones are interlined into the text;

3° Several Models of water-marking, set in the large table containing the *Essais pratiques*, at the part *Lithography*.

V. — PRESSE MÉCANIQUE LITHOGRAPHIQUE.

Cet établissement est le premier où l'on ait appliqué la vapeur comme moteur pour les presses lithographiques. Au moyen d'un mécanisme fort simple, qui distribue l'encre sur les rouleaux et fait avancer le charriot, on épargne aux ouvriers la partie la plus pénible du travail, en leur laissant toutefois la partie intelligente de l'exécution. Il en résulte un travail plus suivi et un tirage plus net et plus expéditif que par la presse lithographique ordinaire. Cette découverte a fait l'objet d'un brevet d'invention pris à Paris en 1850.

Objets exposés.

Un dessin *perspective* représentant la marche de deux presses lithographiques à vapeur. (Le manque de temps a empêché l'envoi à l'Exposition de la presse elle-même.)

VI. — PIERRES LITHOGRAPHIQUES FRANÇAISES.

L'exploitation des pierres lithographiques de Châteauroux est la seule qui, depuis 1833, ait fourni d'une manière sérieuse, et sans interruption, des calcaires graphiques aux Arts et à l'Industrie.

Elle a toujours eu la première place aux divers concours qui ont été ouverts, soit à l'Exposition générale

V. — LITHOGRAPHICAL STEAM PRESSES.

This establishment was the first that made use of steam in the lithographical presses. By means of a very simple mechanism, the ink is distributed on the rollers, and the superior part of the press advances alone, which spares to the workmen the most painful part of the work, leaving them only the intellectual part of the performance, and gives a regular execution as well as a very clean and quick drawing off which could not be obtained by the ordinary lithographical presses. For this discovery a patent was taken out at Paris in 1850.

Articles exhibited.

A *perspective drawing* representing the proceeding of two lithographical steam presses. For want of time, the one of these presses has not been sent to the Exhibition.

VI. — FRENCH LITHOGRAPHICAL STONES.

The digging of the Chateauroux quarries is the only which, since 1833., seriously and successively supplies the Arts and Industry with delineating lime-stones.

They have always obtained the first rank in fair competition, either at the general Exhibition of the

des produits de l'Industrie, soit à la Société d'Encouragement pour l'Industrie nationale. Voici l'énumération des récompenses qui lui ont été décernées :

Expositions générales. — En 1834, une Médaille de bronze; — en 1839, une Médaille d'argent; — en 1844, rappel de Médaille d'argent; — en 1849, une Médaille d'or.

Société d'Encouragement. — En 1836, une Médaille d'argent; — en 1837, une Médaille d'or et le grand prix de 3,000 francs.

Il serait superflu de rappeler ici tous les titres, certificats authentiques, rapports de Jurys et Commissions, attestations d'artistes et d'imprimeurs, qui ont constaté la supériorité des pierres lithographiques de Châteauroux sur les autres calcaires français, et leur mérite, égal pour certains travaux, préférable pour d'autres, aux pierres d'Allemagne, ainsi que l'économie que procure leur emploi. Il suffira de citer quelques passages des rapports des Jurys d'Exposition, qui résument en quelques mots ces nombreuses attestations.

« Il est difficile de voir une plus belle qualité, une
« plus belle pâte, un grain plus uni, plus fin, plus
« égal; enfin, tous les caractères des premières qua-
« lités de pierres lithographiques, tant pour l'écriture,
« qualité spéciale des pierres de Châteauroux, que
« pour tous les genres de dessins les plus minu-
« tieux. » (*Rapport* de 1839.)

productions of Industry, or at the Society for the encouragment of the national Industry. Here follows the enumeration of the rewards with which it has been gratified :

· *At the general Exhibitions :* in 1834, a bronze Medal ; — in 1839, a silver Medal ; —in 1844, the recall of a silver Medal ; — in 1849, a gold Medal.

At the Society of Encouragment : in 1836, a silver Medal ; — in 1837, a gold Medal and a great Prize of 3,000 francs.

It would be needless to recall here all the reports of Juries and Committees, authentic titles or certificates from artists or printers which have stated that the Chateauroux lithographical stones deserve to be set above the other french stones, and that their use is not only equal for some works, preferable for others, to the german stones, but is also a great economy when employed. It will be sufficient to cite several pieces of the reports of the Juries of Exhibition, resuming these numerous certificates.

« It would be difficult to see a finer quality, a « better clay, a plainier, thinner and more level grain, « in short, all the qualities of the first lithogra- « phical stones, either for writing, which is the spe- « cial quality of the Chateauroux stones, or for all « the kinds of the most careful drawings. » (*Report of 1839.*)

« L'exploitation des pierres lithographiques, en-
« treprise à Châteauroux par M. Dupont, commencée
« en 1833, a, depuis, été distinguée dans tous les
« concours, où elle s'est montrée, avec supériorité,
« d'un mérite égal pour certains travaux, et préfé-
« rable, pour d'autres, aux pierres d'Allemagne, et
« d'un prix inférieur. M. Dupont avait obtenu, en
« 1839, une Médaille d'argent ; le Jury s'empresse
« de la lui rappeler, en déclarant qu'il est de plus
« en plus digne de cette distinction. » (*Rapport*
de 1844.)

« L'exploitation des carrières de pierre lithogra-
« phique de Châteauroux a pris, depuis quelques
« années, les plus grands développements et fournit
« aujourd'hui des pierres de toutes dimensions, d'ex-
« cellente qualité.

« Les caractères de ces pierres sont identiquement
« les mêmes que ceux des meilleures pierres de Pap-
« penheim. On trouve dans les carrières de Château-
« roux d'excellentes qualités de pierre qui peuvent
« être employées à différents travaux, et avec les-
« quelles M. Paul Dupont fait des cylindres sans
« défaut et homogènes dans toutes les parties. L'ex-
« ploitation, poursuivie avec une grande activité, a
« déterminé l'établissement d'une forte machine à
« vapeur avec des dressoirs, polissoirs, pour la con-
« fection des cylindres et des grandes tables ou pier-
« res lithographiques.

« The digging of lithographical stones, undertaken
« at Chateauroux in 1833 by M. Paul Dupont, has
« been, from this time, remarked in all competitions,
« in which they have appeared of a desert equal for
« some works and preferable for others to the german
« stones, as of a less price. M. Paul Dupont had
« already obtained in 1849 a silver Medal : the Jury
« therefore recalls it to him with pleasure, decla-
« ring he deserves that reward more and more. »
(Report of 1844.)

« The digging of the Chateauroux quarries has been
« for these some years very much extended, and
« now supplies Industry with lithographical stones of
« all dimensions and of the best quality.

« With these stones, which can be employed in
« different works and of which the qualities are
« identically the same as those of the best Pappen-
« heim stones, M. Paul Dupont is able to produce
« rollers without defect as well as homogeneous in
« all their parts.

« Besides, the great activity used heretofore in the
« digging of the aforesaid quarries has caused the
« establishment of a powerful steam engine well sto-
« red will all the implements for executing rollers
« and lithographical stones of the largest dimensions.

« M. Paul Dupont avait obtenu, en 1844, le rappel
« de la Médaille d'argent qui lui avait été décernée
« en 1839, sur le rapport des deux commissions des
« Substances minérales et des Beaux-Arts.

« Le Jury a décerné à M. Paul Dupont la Médaille
« d'or, qui est citée ici pour ordre. » (*Rapport*
de **1849**.)

Objets exposés.

Plusieurs Pierres de différents formats.

« The Jury therefore awards a gold Medal here
« mentioned for order to M. Paul Dupont, who had
« already been gratified in 1839, after the reports
« of the two committees of mineral substances and
« liberal sciences, with a silver Medal of which he
« obtained the recall in 1844. » (*Report of* 1849.)

Articles exhibited.

Several Stones of different dimensions.

EXTRAIT

DU

RAPPORT DU JURY CENTRAL DE FRANCE

SUR LES

PRODUITS DE L'AGRICULTURE ET DE L'INDUSTRIE

Exposés en 1849.

M. Paul DUPONT, rue de Grenelle-St-Honoré, 45, à Paris.

MÉDAILLE D'OR.

L'imprimerie de M. Paul Dupont est universellement et depuis longtemps connue par les services qu'elle a rendus à l'Administration. On est étonné du nombre et de la variété d'ouvrages divers qui s'y impriment, de tableaux, feuilles volantes sans cesse modifiées par l'Administration, et qui exigent une comptabilité si étendue que les frais des écritures commerciales de cette maison dépassent 50,000 fr., que les comptes ouverts s'élèvent au nombre de 40,000, et que les formes de tableaux conservées dépassent une valeur de 300,000 fr. Il a fallu à M. Paul Dupont un véritable génie d'ordre pour organiser tant de détails, soit sous le rapport du matériel, soit sous celui de la comptabilité : car il est tel

EXTRACT

FROM

THE REPORT OF THE CENTRAL JURY OF FRANCE

CONCERNING

THE PRODUCTIONS OF AGRICULTURE AND INDUSTRY

Exhibited in 1849.

M. Paul DUPONT, 45, Grenelle-St-Honoré street, Paris.

GOLD MEDAL.

The printing-office of M. Paul Dupont has been universally and for many years known by the services which it has rendered to Administration. It is surprising to consider the great variety of different works which are printed there; of statistical tables, as well as loose sheets perpetually modified by Administration, and which require such an immense account that the expenses of the commercial writings alone of that establishment exceed 50,000 francs (two thousand pounds sterling); that the credit of account attains 40,000 francs, and that the forms of statistical tables retained in the establishment surpass the value of 300,000 francs. M. Paul Dupont has given proofs of a true genius of order in having organized so

de ces ouvrages, comme le *Bulletin des Actes du Ministère de l'Intérieur*, qui ne s'imprime pas à moins de 14,000 exemplaires, et qui exige tout autant de comptes courants; enfin il est telle feuille de papier du prix de 10 centimes qui exige souvent, pour elle seule, une correspondance.

Mais, si ces considérations ont pu paraître secondaires aux yeux du jury, il n'en est pas de même des produits que M. Paul Dupont a exposés cette année, et qui ne sont pas moins remarquables sous le rapport de la Typographie que sous celui de la Lithographie. Par la combinaison de ces deux arts, M. Paul Dupont est parvenu à obtenir d'importants résultats.

M. Paul Dupont, qui, en 1839 et en 1844, a obtenu la Médaille d'argent pour l'ensemble de ses travaux, expose cette année un volume in-folio intitulé : *Essais pratiques d'Imprimerie*, précédés d'une *Notice historique sur l'Imprimerie*, et ce volume prouve que son imprimerie s'est placée aussi au premier rang pour l'exécution typographique et lithographique.

La *Notice historique* contient sur l'Imprimerie, depuis son origine, des renseignements très-intéressants que tout imprimeur et libraire doit étudier; on y trouvera des documents curieux sur l'Imprimerie nationale. ce vaste établissement tout à la fois manufacture de luxe comme les Gobelins, Sèvres, etc., et vaste manufacture où s'exécutent les impressions de l'État; des chapitres intéressants sur tout ce qui se rattache à l'Imprimerie, sur la Lithographie, la Stéréotypie, etc.

many details, either with respect to materials, as well as responsibility, for there are some of these works, such as the *Bulletin des Actes du Ministère de l'Intérieur*, which are never printed under the number of 14,000 copies, and which require as many running accounts; in short some leaves of paper of the value of ten centimes (one penny) which require often a whole correspondence on account of themselves.

But if these considerations have appeared secondary in the eyes of the Jury, it is not the same with respect to the productions which M. Paul Dupont has exhibited this year, and which are not less remarkable with respect to Typography as well as Lithography. By the combination of these two arts, M. Paul Dupont has attained important results.

M. Paul Dupont who, in 1839 and 1844, obtained the silver Medal for the totality of his works, exhibits this year a folio volume intitled *Essais pratiques d'Imprimerie*, preceded by a *Notice historique sur l'Imprimerie*, and this volume proves also that his printing-office has risen to the first rank of typographical and lithographical execution.

The *Notice historique* contains very interesting informations, concerning the art of printing from the time of its origin, which every printer and bookseller ought to make his study; curious documents on the National Printing - Office, that vast establishment which is at the same time a rich manufactory such as the Gobelins, Sevres, &, and also a vast manufactory in which are executed all the public acts of the Government; interesting chapters on all that

La deuxième partie se compose de divers spécimens d'impressions typographiques polychromes qui ne laissent rien à désirer quant à la perfection ; d'un spécimen de tous les caractères qui composent cette imprimerie ; de divers modèles d'actions exécutés, soit typographiquement, soit lithographiquement, soit par les deux procédés réunis, et qui sont aussi remarquables par leur élégance que par leur belle exécution. Un papillon, entre autres, imprimé typographiquement par 14 planches apportant chacune leur couleur, rivalise, pour la parfaite imitation de la nature, avec ce que peut faire le pinceau.

Dans ce volume, deux feuilles surtout sont remarquables : l'une représente une étoile imprimée à deux couleurs et en filets s'entrecoupant à angles divers, ce qui offre une difficulté d'exécution vaincue avec une perfection qui étonne quiconque connaît la typographie ; l'autre, représentant un cercle orné d'arabesques et contenant, dans des pans coupés, les noms des hommes les plus illustres dans les lettres et dans les arts, paraîtrait d'une exécution aussi impossible que la première, si M. Derriey, au moyen de ses moules et de son coupoir pour tailler les biseaux, n'avait pas rendu exécutable à l'imprimeur ce qui eût été presque impossible auparavant.

Une autre page très-remarquable est celle qui représente les principaux signes de correction typographique. Dans cette planche, tout le texte a été exécuté en caractères mobiles, puis cette page a été reportée

concerns Printing as well as Lithography and the Stereotype Press, &. The second part is composed of different specimens of manycoloured typographical impressions, which have attained the highest perfection; of a specimen of all the different types which are contained in that printing-office; of different models of shares executed either typographically, or lithographically, either by the two systems united, and which are as remarkable for their elegance as for the beauty of their execution. Among other things, a butterfly, typographically printed by fourteen different plates. each containing its colour, rivals by the perfect imitation of nature with the delicacy of the pencil.

There are particularly in this volume two leaves which are remarkable, one of which represents a star printed in two different colours with lines which are interverted at different angles, which operation has set aside a difficult part of performance in a manner which astonishes all persons having any knowledge of typography; the other, representing a circle ornamented with arabesks and containing, in separate squares, the names of the most illustrious men in literature and arts, would appear of as difficult a performance as the other, if M. Derriey had not by means of his ingenious instruments rendered practicable to the printer that which had been almost impossible up to the present time.

Another very remarkable page is that representing the principal signs of typographical correction. In that plate, all the text has been produced by moveable types, and that page has been reproduced on

sur une pierre lithographique, où tous les signes que les correcteurs font ordinairement à la plume sur les marges du papier ont été imités par l'artiste lithographe. Jamais emploi de la lithographie n'a été mieux appliqué.

Indépendamment du mérite de l'établissement typographique de M. Paul Dupont et de son importance, puisqu'il n'a pas moins de huit presses mécaniques mues à la vapeur, de vingt presses à bras et d'un matériel immense en caractères, la Lithographie, qui est redevable à M. Paul Dupont de diverses améliorations, offre, par l'alliance de ses procédés unis à ceux de la Typographie, des résultats litho-typographiques très-satisfaisants et qui rendent de véritables services. Déjà, à la précédente exposition, plusieurs livres avaient été complétés, par les soins de M. Paul Dupont, au moyen du report, fait sur pierre, d'une feuille imprimée, même très-anciennement. Aujourd'hui, M. Paul Dupont nous a donné les titres de 85 ouvrages divers qu'il a complétés ou exécutés entièrement par ce procédé. Pour plusieurs de ces ouvrages, il a reporté sur pierre de 200 à 500 pages; quelques-uns ont été tirés jusqu'à 200 exemplaires. Enfin, on sait que la grande collection des *Historiens des Gaules*, publiée par les Bénédictins, perdait tout son prix lorsqu'il y manquait le tome XIII, détruit dans un incendie, et coûtait une somme énorme quand elle se trouvait complète; au moyen de reports litho-typographiques, M. Paul Dupont a pu nous donner un fac-simile, au nombre de 100 exemplaires, de ce grand volume in-folio de plus de 1,000 pages, en sorte qu'au prix de

a lithographical stone, whereon all the signs that the correctors generally inscribe on the margins of paper are imitated by the lithographical artist. And in short the art of Lithography has never been better applied.

Notwithstanding the merit of the typographical establishment of M. Paul Dupont as well as of its importance, having not less than eight mechanical steam presses, twenty ordinary presses and an immense quantity of types, the Lithographical art, which owes different improvements to M. Paul Dupont, presents, by the union of its process with those of Typography, very satisfactory litho-typographical results, and which are of a very valuable service. M. Paul Dupont had already presented at the preceding exhibition several books which had been completed by means of a leaf reproduced on stone, although printed in very old times. Now we are enabled to present the title of 85 different works which M. Paul Dupont has completed or executed intirely by this system. For several of these works, from 200 to 500 pages have been reproduced on stone; some of them have been printed to 200 copies. In short, it is well known that the great collection of the *Historiens des Gaules*, published by the Benedictine monks, lost all its value on account of the absence of the thirteenth volume, which was destroyed in a fire, and cost an immense sum when it was complete; by means of the litho-typographical reproductions, M. Paul Dupont was enabled to produce a fac-simile, to the number of a hundred copies, of that large folio volume of more than

150 fr. on peut compléter maintenant cette précieuse collection.

M. Paul Dupont a le premier appliqué la vapeur comme moteur pour les presses lithographiques. Par un mécanisme fort simple, et qui a fait l'objet d'un brevet d'invention, l'encre est distribuée sur les rouleaux, et le chariot s'avance seul, ce qui évite aux ouvriers la partie la plus pénible du travail et leur laisse toutefois la partie intelligente de l'exécution, celle de l'encrage des pierres.

Au moyen de reliefs ménagés sur les pierres lithographiques à l'aide d'une morsure faite par les acides, M. Paul Dupont empreint, par un fort foulage opéré entre deux cylindres, des clairs sur le papier, et lui donne, à s'y méprendre, l'effet d'un papier filigrané. Ce procédé, fort simple et fort économique, peut, jusqu'à un certain point, dispenser de recourir au procédé long et dispendieux d'un papier fabriqué exprès sur des formes filigranées.

Pour ces divers genres de mérite et pour le mérite administratif, qu'on ne saurait trop faire ressortir aux yeux de ceux qui, engagés dans la profession d'imprimeur, n'y voient, les uns que la partie de l'art, les autres que celle de la science, et qui succombent à la peine, faute de comprendre que cette profession libérale est devenue une fabrique où l'ordre et l'économie la plus sévère doivent présider, le Jury accorde à M. Paul Dupont, qui deux fois a obtenu la Médaille d'argent aux expositions précédentes, une Médaille d'or pour l'ensemble des travaux exposés en **1849**.

one thousand pages, so that at the price of 150 francs that precious collection can be completed.

M. Paul Dupont was the first who made use of steam in the lithographical press. By means of a very simple mechanism, and for which a patent was taken out, the ink is distributed on the rollers, and the superior part advancing alone spares to the workmen the most painful part of the work, leaving them only the intellectual part of the performance; that is to say the inking of the stones.

By means of relievos produced on the lithographical stones by the help of acids, M. Paul Dupont prints, by a strong pressure between two rollers, transparents in the paper and obtains almost the appearance of a water-mark. This system of itself very simple as well as economical can almost avoid having recourse to that long and expensive system of watermarking.

The Jury therefore awards to M. Paul Dupont, who has twice obtained the silver Medal at the preceding exhibitions, a gold Medal for the totality of the works exhibited in 1849, as well for these different kinds of merit as for the administrative part which cannot be too strongly inculcated on those who are engaged in the profession of printer, and some of whom only see the branch of art, while others only see that of science, and who do not succeed, as they do not understand that this liberal profession is become, as it were, a manufactory in which the most severe order and economy must always preside.

MM. BRAMET, Prote de M. Dupont, H^{ri} MARÉCHAL, DALAUD et FISTET.

MENTION HONORABLE.

Dans le volume fort remarquable exposé par M. Paul Dupont sous le titre *Essais pratiques d'Imprimerie,* où plusieurs genres de mérite et de difficultés d'exécution sont réunis, le Jury a remarqué un médaillon polychrome indiquant que ce volume a été composé par M. H^{ri} Maréchal, tiré par MM. Dalaud et Fistet, sous la direction de M. Bramet, prote. Le Jury croit devoir signaler le concours de ces habiles ouvriers, et leur accorder une Mention honorable, qui leur attestera tout à la fois l'intérêt que le Jury apporte à la parfaite exécution de leur travail, et leur rappellera qu'ils ont contribué, par leur talent et leur zèle, à la réputation et au succès de l'établissement dont ils font partie.

M. BRAMET, M. Dupont's overseer; MM. H^{ri} MARÉCHAL, DALAUD and FISTET.

HONOURABLE MENTION.

In the very remarkable volume exhibited by M. Paul Dupont under the title *Essais pratiques d'Imprimerie*, in which several kinds of merit and difficult execution are united, the Jury observed a manycoloured Medallion, indicating this volume has been composed by M. H^{ri} Maréchal, drawn off by MM. Dalaud and Fistet, under M. Bramet's direction. The Jury thinks proper to signalize the useful help of these able workmen, and to gratify them with an honourable Mention, in order that they may be convinced of the interest of the Jury towards the perfect execution of their work, and also to recall to their remembrance that their talent as well as their zeal have contributed powerfully to the reputation and success of the establishment to which they belong.

M. Paul DUPONT, à Paris et à Châteauroux.

MENTION POUR ORDRE.

L'exploitation des carrières de pierre lithographique de Châteauroux a pris, depuis quelques années, les plus grands développements et fournit aujourd'hui des pierres de toutes dimensions, d'excellente qualité.

Les caractères de ces pierres sont identiquement les mêmes que ceux des meilleures pierres de Pappenheim. On trouve dans les carrières de Châteauroux d'excellentes qualités de pierre qui peuvent être employées à différents travaux, et avec lesquelles M. Paul Dupont fait des cylindres sans défaut et homogènes dans toutes les parties. L'exploitation, poursuivie avec une grande activité, a déterminé l'établissement d'une forte machine à vapeur avec des dressoirs, polissoirs, pour la confection des cylindres et des grandes tables ou pierres lithographiques.

M. Paul Dupont avait obtenu, en 1844, le rappel de la Médaille d'argent qui lui avait été décernée en 1839, sur le rapport des deux commissions des Substances minérales et des Beaux-Arts.

Le Jury a décerné à M. Paul Dupont la Médaille d'or, qui est citée ici pour ordre.

M. Paul DUPONT, at Paris and Châteauroux.

MENTION FOR ORDER.

The digging of the Châteauroux quarries has been for these some years very much extended, and now supplies Industry with lithographical stones of all dimensions and the best quality.

With these stones, that can be employed in different works and of which the qualities are identically the same as those of the best Pappenheim stones, M. Paul Dupont is empowered to produce rollers without defect as well as homogeneous in all their parts.

Besides, the great activity till now used in the digging of the aforesaid quarries has necessitated the establishment of a powerful steam engine well stored with all implements for executing rollers and lithographical stones of the largest dimensions.

The Jury therefore awards a gold Medal here mentioned for order to M. Paul Dupont, who had been already gratified in 1839, after the report of the two committees of mineral Substances and liberal Sciences, with a silver Medal of which he obtained the recall in 1844.

IMPRIMERIE   PAUL DUPONT

1851

UNIVERSAL LONDON EXHIBITION

NOTICE

CONCERNING

THE TYPOGRAPHICAL ESTABLISHMENT

OF

M. PAUL DUPONT

AT PARIS

❧

PARIS

PRINTED BY PAUL DUPONT,

45, Grenelle-Saint-Honoré street.

1851

www.ingramcontent.com/pod-product-compliance
Lightning Source LLC
Chambersburg PA
CBHW061644180626
46818CB00003B/960